# DANS LA LUGE
## D'ARTHUR SCHOPENHAUER

Fille d'une violoniste hongroise, installée à Paris depuis l'établissement du « rideau de fer », et d'un homme d'affaires d'origine juive et russe, Yasmina Reza évolue dès son enfance dans une atmosphère aussi artistique que cosmopolite. Nourrie par le théâtre de Nathalie Sarraute, elle a écrit de nombreuses pièces, actuellement traduites en trente-cinq langues et jouées dans le monde entier.

YASMINA REZA

# Dans la luge
# d'Arthur Schopenhauer

ALBIN MICHEL

ISBN : 978-2-253-12117-6 – 1$^{re}$ publication LGF

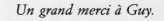

*Un grand merci à Guy.*

# 1.

*Nadine Chipman
à Serge Othon Weil*

Mon mari avait l'habitude de peler les oranges avec ses mains, avec certains types d'orange ça peut se concevoir, lorsque la peau est épaisse et se détache facilement, en revanche lorsque la peau est fine et adhérente aux quartiers, comme c'est le cas de la plupart des oranges, en tout cas des plus juteuses, donc des meilleures, personnellement je m'efforce toujours d'acheter ce genre d'orange, l'attaque de la peau à mains nues est une aberration, un geste de pure quotidienneté se transforme en lutte laide et inutile, ce geste qu'il faisait quand nous prenions notre petit déjeuner, l'entraînait à taper la table avec une sorte de violence régulière, à chaque pelure arrachée le poing retombait sur le bois, malgré lui bien sûr, mais sans qu'il s'en rende compte

11

particulièrement, je veux dire imperméable au bruit et à l'effet de secousse, n'ayant jamais à l'esprit que je puisse être dérangée, d'une manière générale je ne supporte pas les gens qui tapent sur les tables Serge, vous voyez ces gens qui laissent tomber leurs avant-bras et le tranchant de la main soi-disant dans un esprit de clarification, pour préciser ou donner du poids à la pensée, il n'y a rien de plus stupide, j'aime les gens réservés, je veux dire dont la présence physique est légère, délicate, mon mari aurait pu, tout en pelant l'orange avec ses mains, suspendre son geste dans l'air, c'est-à-dire contrôler sa manière et la rendre moins brutale, de sorte que je n'aurais eu qu'à m'abstenir de le regarder et, tout au plus, lui reprocher intérieurement une paresse, un manque d'élégance et de tenue, mais il s'est cru assez seul, comprenez-vous, pour ne prendre aucun gant, pour réitérer sur la table un choc inqualifiable, dès le lever, ce pendant des semaines peut-être même des mois, avec des arrêts car il y avait des périodes de bannissement

12

de l'orange jugée trop acide pour l'estomac, jusqu'au jour où j'ai pris la décision de sursauter à chaque retombée du poing, d'abord discrètement et puis de moins de moins et puis plus du tout discrètement, j'ai sursauté violemment comme si mon cœur allait lâcher, une réponse comme une autre, plus fine qu'une insulte, que mon mari a considérée comme cent pour cent agressive, l'aspect muet et outrancier de ma réaction révélant, selon lui, la charge globale de haine accumulée à son encontre, une haine, je le cite, si amèrement contenue qu'elle n'aurait même plus de mots pour s'exprimer. Depuis que mon mari a perdu la tête, j'emploie à dessein cette expression Serge, puisque la médecine n'a pas su expliquer ni qualifier son isolement mental, je repense au drame de l'orange avec une certaine nostalgie, je nous revois tous les deux en pyjama dans la cuisine, devant le courrier étalé, les factures, le courrier de l'Université, les embêtements de la vie courante, on veut toujours une autre vie n'est-ce pas ? On croit que les choses qui sont la vie ne sont pas la vie. Mon mari, tout le monde le sait, était un grand spécialiste de Spinoza. Depuis que son esprit a lâché prise, il s'est complètement retourné contre Spinoza. Je dis ça comme une chose importante bien que je n'aie jamais compris en quoi consistait Spinoza. J'ai toujours dit mon mari est un grand spécialiste de Spinoza, comme si je savais très bien qui était Spinoza, de même qu'aujourd'hui je dis il s'est retourné contre Spinoza comme si Spinoza était un de nos amis, je dis il a pris en grippe Spinoza, et même, si j'ai bu, non pas que je boive, je ne suis pas du tout quelqu'un qui boit mais étant donné la situation il m'arrive de me laisser un peu aller en société, je dis il ne peut plus saquer Spinoza, je dis toute sa vie il a commenté Spinoza et maintenant il ne peut plus le saquer, et quand je dis il ne peut plus le saquer, il m'arrive, en un éclair, de comprendre pourquoi, c'est-à-dire, par rebond, de comprendre qui est Spinoza, un garçon au bout du compte sans états d'âme qui organisait des combats d'araignées et de mouches pour voir à quoi ressemblait la vie, un garçon caduc dès lors que nous tombons dans la faiblesse humaine, l'épuisement, le triste, la maladie, alors je pense, avec beaucoup d'arrogance vous allez me dire, mais je m'en fiche, que j'ai bien fait de me tenir en dehors de ces soi-disant cerveaux qui ont régenté la vie de mon mari, toute la vie mon mari s'est passionné pour des soi-disant cerveaux qui l'abandonnent au moment crucial, qui l'abandonnent et le laissent dans une solitude terrible, mon mari est assis dans un fauteuil sans pouvoir se lever, mon mari déraille, mon mari est en grand désarroi, un homme encore jeune, déserté par ceux à qui il a consacré pour ainsi dire tout son temps, comme font les hommes Serge, qui s'engloutissent dans leurs fonctions et ne savent pas que le temps passe. Mon mari ne savait pas du tout que le temps passait. Ce matin j'ai pris le taureau par les cornes, j'ai acheté un bouquet de renoncules, puis pensant que je n'avais pas de vase transparent, je suis rentrée dans un magasin de décora-

15

tion où j'ai acheté une aiguière, et aussi une bougie parfumée au tilleul et un petit plateau japonais pour mettre ma théière, je me suis souvenue d'un livre où une femme achetait un chien pour se guérir d'un chagrin d'amour, elle se promenait avec le chien dans la ville ensoleillée, elle montait dans la chambre d'hôtel, allait sur le balcon pour regarder la place ensoleillée et se jetait par-dessus la balustrade, non, non, non, je plaisante, je ne vais pas me jeter par-dessus la balustrade, d'ailleurs je n'ai pas de balustrade, mais enfin, je reviens à la maison avec les renoncules, je coupe les tiges, je mets les fleurs dans l'aiguière, l'aiguière sur le bureau où j'écris mes articles, j'allume la bougie au tilleul, tout a l'air propre et gai, il faut que les choses aient l'air propre et gai, dans une maison où brûle gentiment une bougie parfumée il n'y a pas de place pour la tragédie. Je vois bien que c'est une erreur de ne pas travailler le vendredi Serge, si j'ai surmonté le vendredi en achetant un plateau japonais et une bougie au tilleul, il me reste encore le samedi et le dimanche. La main de mon mari pend au bout de l'accoudoir du fauteuil. Je voudrais comprendre pourquoi sa main pend. On a l'impression qu'il la laisse pendre à dessein, pour se montrer lamentable et foutu. Je ne peux m'empêcher de voir dans cette mollesse un acte hostile, un genre de rébellion contre le sort, mon mari n'a jamais hésité à s'autodétruire, peut-on parler d'un goût masculin pour l'autodestruction ? J'ai un collègue qui fait semblant de s'évanouir devant les enfants, quand les choses vont mal avec sa femme, il fait de fausses syncopes dans la cuisine, il s'écroule dans les casseroles. Plus personne n'y croit mais il continue à le faire, il continue à le faire d'autant plus, m'a-t-il dit, que personne n'y croit. Mon mari laisse sa main choir de façon flétrie et inerte. Avant je ne remarquais pas que sa main était flétrie. On dirait qu'il se délecte à se montrer vieux. Devant vous, il se tient. Il ne laisse pas sa main pendre au bout de l'accoudoir. Devant le médecin aussi il s'anime. Ces gens ne voient jamais les malades comme ils

17

sont. Les malades se tiennent devant eux. Je ne veux pas dire par noblesse, ou par orgueil, ou même courage, au contraire, ils se tiennent par faiblesse, ils veulent être rassurés, ils veulent tamiser le diagnostic. Le maître de mon mari a étranglé sa femme, lui se contente de laisser sa main choir au bout de l'accoudoir, de façon lamentable et flétrie. Mon mari n'a pas de radicalité. C'est un disciple. La génération de mon mari a été écrasée par les maîtres. Ce matin j'ai dit à notre fils, ton père présente les signes du plus complet désœuvrement, papa garde un dépôt vide de la S.N.C.F., ai-je dit, car tel est le visage que mon mari affiche en ma présence, je dis bien en ma présence, je ne pense pas que le même personnage lui serve en d'autres compagnies, les hommes jouent à être ce qu'ils sont, aussi bien dans la vie courante que dans la maladie. Au début mon mari était contre les médicaments, aujourd'hui il en raffole, au début contre les médicaments, contre la pharmacie, aujourd'hui pour les médicaments, épouvanta-

blement pour, aucune ligne de conduite, aucune
tenue dans l'être, pendant des années nous avions
Spinoza, Spinoza ! pan ! pan ! pan ! aujourd'hui
exaltations diverses, drogues et main molle. La
folie n'excuse pas tout. La vie conjugale nous a
tués, comme elle tue tout le monde, et ce n'est
pas la philosophie croyez-moi qui vous donne
un coup de main dans la vie conjugale, d'ailleurs
je ne vois rien qui puisse vous sortir la tête de
cette embarcation maudite, surtout pas la philosophie qui en gros, sous des allures plus ou
moins provocantes, s'est toujours attachée à cal-
mer les esprits, à réduire la bête sauvage, notre
meilleure part, je suis une grande fan des Spartiates voyez-vous Serge, des gens qui n'ont jamais
donné la moindre chance à la famille, à l'hébé-
tude de la vie sentimentale, des gens qui se
débarrassent des nouveaux-nés difformes en les
jetant du haut des falaises, les Spartiates sont
pour moi la crème du genre humain. Je vous sens
perplexe et un peu affolé. Vous vous dites, le
mari débloque mais sa femme aussi. Je ne déblo-

que pas et je le regrette, il doit y avoir quelque chose d'apaisant à être fêlé, ou à pouvoir alterner le fêlé et le normal comme le maître de mon mari qui demandait à se faire enfermer à la moindre contrariété. Il avait trouvé un rythme de vie. C'est bête qu'il ait tué sa femme. On maintient un certain cap et on finit par déraper. On maintient un certain cap, contre l'impuissance, contre le chaos, et un beau jour on fout tout en l'air. C'est dommage. Et merveilleux. Serge, est-ce que nous ne voulons pas, au fond, que quelque chose arrive, un chavirement, un naufrage, ou n'importe quelle explosion qui nous dégage de l'accablement domestique ? J'ai aimé mon mari. Pendant un temps j'ai sincèrement aimé ce garçon brillant, fringant avec son cartable de cours, tout à son sujet, quelle fatale erreur de mettre l'amour au centre du mariage, amour et mariage n'ont rien à voir, amour et famille n'ont rien à voir, les sentiments entre un homme et une femme ne peuvent que s'engloutir dans ce dispositif.

# 2.

## *Ariel Chipman*
## *à la psychiatre*

Glen Vervorsch est venu, il s'est assis là. Quand Glen Vervorsch arrive quelque part, l'ennui le plus mortel s'abat. Glen Vervorsch est l'homme le plus ennuyeux de la terre, je suis affirmatif sur ce point, il n'existe nulle part, où que ce soit, plus mortel que Glen Vervorsch. Glen Vervorsch s'est assis là et a attaqué sur sa Nissan, un *Tino* conçu en France, fabriqué en Angleterre et acheté en Belgique, je l'ai acheté en Belgique m'a-t-il dit, quatre mille euros de moins qu'en France, un *Tino* de Nissan, dessiné en Provence dans un bureau d'étude par Nissan France, ensuite fabriqué en Angleterre selon les critères continentaux, c'est-à-dire conduite à gauche, pour être vendu un peu partout en Europe. J'ai dit à Glen Vervorsch que le tapissier

Roger Cohen, qui a tapissé ce fauteuil, s'estimait l'homme le plus heureux du monde parce qu'il n'avait pas de voiture. Après la guerre, ai-je dit à Vervorsch, Cohen était le premier à avoir une voiture, il avait l'avenue d'Italie pour lui tout seul, aujourd'hui il est le seul à ne pas en avoir et il se considère comme l'homme le plus heureux du monde. Le tapissier Roger Cohen a tapissé ce fauteuil qui s'effiloche, se délite, et de mon point de vue, pourrit de l'intérieur. J'ai dit à Roger Cohen, pendant que vous êtes l'homme le plus heureux du monde, moi je suis assis sur une merde qui pourrit de l'intérieur monsieur Cohen. Et j'ai ajouté, monsieur Cohen vous n'êtes pas l'homme le plus heureux du monde, vous mentez, vous avez cent ans, vous avez été éjecté de chez vous, vous croupissez dans une maison de retraite que vous appelez foyer, en réalité un bagne pour juifs mourants, vous n'avez pas de voiture parce qu'il serait abracadabrant que vous ayez une voiture. Vous dénigrez la voiture parce que vous n'avez plus le droit de conduire. C'est minable. Alors que vous Glen, ai-je dit à Glen Vervorsch, vous êtes jeune, vous croquez la vie, vous avez raison d'acheter ce *Tino* encore que, ai-je pensé, vous en critiquez les suspensions, vous avez même prononcé le mot trépidation, mais ça je ne l'ai pas dit, non, non, encore que, vous le trouvez trop bruyant, parti-culièrement au ralenti, ce qui pour moi constitue un défaut majeur, encore que vous semblez éprouver une sorte de regret nostalgique pour la *Corolla Verso* de Toyota que vous n'avez pas choisie, mais ça je ne l'ai pas dit, non, non, non, beaucoup trop dangereux, avec Glen Vervorsch rien de personnel, rien qui ressemble à un dia-logue, ensuite il s'est orienté de lui-même, sans que je l'y pousse, sur les origines de son nom, Vervorsch m'a-t-il dit, vient de l'indo-européen *verun* qui signifie « soleil » et de la désinence *vorsas* qui veut dire « ordonner », en fait il y a eu une palatalisation, au lieu de *vernvorsas*, il y a eu un dz, caractéristique du lituanien, qui a donné *vervordz* avec dz, puis Vervorsch. Il est très calé. Il va sur les banques de données des mormons car les mormons sont des champions de généalogie. Au plan strictement médical docteur, j'entends à l'intérieur du protocole curatif que vous avez mis en place, vous devriez réfléchir sur le bénéfice des visites d'un Glen Vervorsch, quand il y avait déjà, dois-je encore le dire, de façon formellement contre-indiquée un Serge Othon Weil. Glen Vervorsch est venu pendant des années, enseigner l'anglais et d'autres matières aux enfants, maintenant on me le fourgue, je ne sais pas pourquoi on me fourgue Glen Vervorsch, j'ai droit à Glen Vervorsch et à Serge Othon Weil un ancien collègue devenu consultant en droit, les deux êtres les plus mortels de la planète, encore qu'il faille les distinguer, une heure de Serge Othon Weil équivalant à vingt minutes de Glen Vervorsch, ce qui ne veut pas dire qu'une heure de Glen Vervorsch équivaut à trois heures de Serge Othon Weil car une heure de Glen Vervorsch n'a aucun équivalent, on peut toutefois déduire, à condition de

rester dans une zone encore palpable, c'est-
à-dire une zone inférieure à soixante minutes,
que Glen Vervorsch est trois fois plus chiant que
Serge Othon Weil, bien que ce soit très difficile
et pour ainsi dire inconcevable à qui a fréquenté
Serge Othon Weil qui se présente lui-même
comme jurisconsulte, c'était criminel d'imposer
aux enfants un Glen Vervorsch, oui criminel,
mais pouvait-on le savoir, Nadine se figure qu'il
me faut de la compagnie, comme si la compagnie
des hommes se valait, comme si un Glen Vervorsch ou un Serge Othon Weil étaient des enti-
tés inoffensives, j'ai dit à Nadine, Nadine, dans
l'état de délabrement où je me trouve, délabrement psychique et physique, et non pas cérébral,
crois-tu sincèrement que je puisse être distrait
par Serge ? Serge Othon Weil ne distrait pas
Nadine, Serge Othon Weil dilate l'instant et le
gobe. Je suis en luge vers la mort docteur. Tel
que vous me voyez. Dans la luge de mon ami
Arthur Schopenhauer. Nadine me fourgue le
jurisconsulte qui a prononcé lors de sa dernière

visite huit fois le mot croissance. Les hommes normaux du dehors, je ne les supporte plus. Les hommes normaux du dehors qui croient en l'avenir, comment les endurer ? Tout s'est défait. La tapisserie de Cohen, et Spinoza. Complètement effiloché Spinoza. Othon Weil est très admiratif de la croissance chinoise. D'après lui, dans cent ans tout le monde parlera chinois. Je me demande s'ils ne se sont pas déjà mis au mandarin avec sa femme. J'étais timide jeune. Après non. Maintenant oui. Je suis redevenu timide. Avant ma décrépitude, un Othon Weil n'aurait eu aucune prise sur moi. Il vient me voir en cravate, il prend la peine de venir me tuer en cravate, ou bien est-il en cravate à longueur de temps, oui il se peut qu'il soit constamment en cravate maintenant, je peux comprendre qu'on soit constamment en cravate, j'ai une nostalgie de la cravate, une tristesse terrible à voir ces pans pendants dans l'armoire, en attente de quoi, des couleurs désœuvrées dans le noir, je mettais toujours une cravate en cours, je mettais ma belle cravate du jour, je partais distribuer les mots de la philosophie, les mots inaccessibles, les uns par-dessus les autres, c'était comme une maison de l'orgueil. On ne peut pas dire au revoir aux mots sans un certain chagrin, il faudra d'ailleurs m'expliquer la physiologie du chagrin docteur. Je balance entre chagrin et ennui, le chagrin me sert à récupérer un peu de puissance que l'ennui vient effondrer aussitôt, j'oscille, comme les accents, entre l'aigu et le grave, je n'ai jamais pu maîtriser les accents, l'accent aigu, l'accent grave, jamais rien compris, j'ai intégré les raisonnements les plus spéculatifs jamais les accents, dites-vous que quand j'écris un accent, j'effectue un travail de faussaire pour que le trait puisse être lu de deux manières, le lecteur choisit. Au tableau, dans les corrections, partout, jamais de figure définitive. Rien ne vous sauve. Le travail, longtemps j'y ai cru, je veux dire l'activité qu'on appelle travail mais qui n'est que diversion de la mort, l'activité vous sauve, l'agitation furieuse, divertissement auréolé de prestige, jusqu'à ce que ça s'effondre. Un beau jour, colloques, cours, conférences s'effondrent. On farfouille dans les dossiers, les feuilles empilées, revues, brouillons, thèses, paperasse, paperasse, mélancolie violente, invitations, lettres, honneurs, membre de ceci, membre de cela, membre de tout, membre à la folie, demain, et puis demain, et puis demain... Mon maître Deleuze n'a pas été tellement aidé par Spinoza quand il s'est jeté par la fenêtre, quoi qu'on en dise, ni mon maître Althusser quand il a étranglé sa femme avant de la décorer avec un morceau de rideau rouge. Qu'est-ce qu'on a appris d'une matière qui ne répond jamais ? Louis a mis un pan de rideau, en biais, sur la poitrine de sa femme gisante, en biais, de l'épaule jusqu'au sein opposé, une petite touche finale opérée dans le calme et la dévotion de la mort. Une mort provoquée par lui mais temporisée par ce geste. Louis a mené de front carrière d'intellectuel et carrière de forcené, jusqu'à l'application de la bannière rouge en tissu d'ameublement pour ne pas livrer à la mort le corps domestique d'Hélène, en robe de chambre du matin, une petite flamme écarlate posée en diagonale de l'épaule droite au sein gauche, une rature de la vie, une simple rature, sans origine et sans destination, en velours Empire, ou alors, ou alors... je vous prie d'imaginer la scène docteur, passons sur l'étranglement, l'étranglement a eu lieu, Louis debout, le front barré de la mèche que j'ai toujours imaginée indépendante et folâtre et qu'il devait travailler assez dur pour obtenir la courbe hidalguesque que nous lui connaissions, notre mentor, notre pygmalion Louis Althusser, notre grand refondateur du matérialisme, dans la chambre de la rue d'Ulm, un jour de novembre, le mois des tragédies, le visage barré par la mèche, soulève un lambeau de rideau, des rideaux m'a-t-il dit à Soisy, déchiquetés par le temps, pour ornementer Hélène d'une traîne funèbre montant jusqu'au plafond, une sépulture du plus haut kitsch, résolument antithéorique. On ne peut pas être consolé. Et il ne faut

31

pas l'être. Il ne faut pas être consolé. Le chagrin, c'est seul. Serge Othon Weil m'a apporté des fraises hier. Que Nadine a sucrées et servies avec des cuillères. Serge a réclamé une fourchette, j'ai dit une fourchette pourquoi. Parce que les fraises se mangent avec une fourchette a-t-il répondu : pas de bruit dans l'assiette, bonne prise en main de l'objet, capacité de parler sans être accaparé par la fraise qui est dans la cuillère et qui va tomber. Tu piques, tu es libre, tu es heureux. Il a l'air vaguement entiché de Nadine, et qui sait si de son côté elle ne s'entiche pas plus ou moins de lui. Sommes-nous en train d'assister à une histoire d'amour effrayante ? Enfant, tu peux être consolé. Enfant, tu peux. Après non, jamais. Alors maintenant Cohen, le tapissier, a des théories en permanence. Ce vieillard m'appelle tous les jours en tant qu'intime de mon père, sous prétexte qu'il m'en faut un de remplacement. En principe, il tient le combiné à l'envers, je l'entends dire allô ! allô ! je dis, Roger retournez le téléphone ! Il dit, tu devrais écrire sur la prolifération des hard-dis-counters, je t'aiderai, j'ai toutes les idées, réflé-chis, vous autres les philosophes, etc., vous devriez vous attaquer aux outils de destruction du pays, je dis je me fous du pays Roger, non, non, non, tu ne t'en fous pas, un de ces jours tu vas revenir de ta dépression et tu diras j'ai laissé proliférer les Ed et les Lidl, j'ai dit qu'est-ce que ça peut vous foutre Roger, vous ne sortez plus de votre maison de retraite, vous ne mettez plus un pied dehors et moi non plus d'ailleurs, qu'est-ce que ça peut nous foutre ? Qu'est-ce que ça peut nous foutre que le sol français soit jonché de Ed et de Lidl, nous qui avons chacun un pied dans la mort, et pas la mort fulgurante, une mort poussive où l'être se racornit, on ne va pas se raconter d'histoires avec les Ed et les Lidl dont on se contrefout. Quand on était petits, Roger Cohen nous emmenait de temps en temps au cinéma, moi et des copains. Dans la rue il disait, levez la tête ! Ne regardez pas le bas de mon pantalon, ne comptez pas sur mes chaus-

sures pour vous guider. Vous êtes seuls les gars !
Maintenant il s'étiole dans ce mouroir, chaque
jour une nouvelle marotte, les hard-discounters,
l'euro, l'omelette industrielle, on lui a servi une
omelette qui faisait huit centimètres d'épaisseur,
il dit personne ne se plaint, personne ne dit rien,
ils sont tous Alzheimer ou des lâches. Réjouis-toi
d'être jeune, m'a-t-il dit, réjouis-toi au lieu de
rester cloué dans mon fauteuil pourri comme un
personnage de comédie. Il n'y a pas longtemps
docteur, ma femme a entendu dans la rue un
enfant crier maman, elle s'est retournée et a réa-
lisé que nos enfants n'étaient plus des enfants et
que cet appel ne lui serait plus jamais destiné.
Pendant des années, j'ai professé la joie et la
suprématie de la raison sans pour autant me
réjouir des enfants petits, pendant trente ans j'ai
parlé du sentiment de joie en tant que *vertu* sans
me réjouir des enfants, réjouis-toi d'être jeune a
dit Cohen de sa chambre du mouroir, je suis
jeune pour Roger Cohen, pour Roger Cohen la
terre n'est qu'intensive jeunesse. Je suis allé dans

son foyer, quand je sortais encore, je ne sais pas comment on tient deux minutes dans ce genre d'endroit sans avoir envie de se balancer, d'ailleurs il faut demander l'autorisation pour entrebâiller sa fenêtre, le directeur dit je veux bien entrouvrir la fenêtre de la chambre de monsieur Cohen mais ne l'ébruitez pas, la plupart de nos résidents n'ont plus leur tête et peuvent se jeter dans le vide comme un rien, alors que de mon point de vue, ne peuvent se jeter que les gens en parfait état mental, le cinglé n'a pas l'idée de se jeter, en tout cas pas plus de là que d'ailleurs, alors que le sain d'esprit qui n'y avait jamais pensé, se trouve pour ainsi dire aspiré par la défenestration, telle a été sur-le-champ mon impression de simple visiteur. La cravate d'Othon Weil m'obsède. J'ai l'impression qu'il me visite en cravate dans un esprit pédagogique. Roger Cohen aussi noue sa cravate tous les matins. Après, il s'assoit sur son lit médical ou sur son fauteuil médical au milieu de son passé qu'on a fait rentrer de force dans quatre murs.

Mais lui c'est sa tenue de cimetière, rien à voir. Cohen veut être soigné pour la mort. La cravate d'Othon Weil qu'auparavant je ne voyais jamais en cravate, je veux dire dans les rares occasions qui me mettaient en contact avec Serge Othon Weil, le décontracté était la règle, la cravate d'Othon Weil, dont la dernière représentait un assortiment de tritons, me fouette comme si on avait ouvert une fenêtre et laissé entrer une bourrasque du dehors. Je veux qu'on ferme les portes et qu'on ferme les fenêtres, je ne veux sentir le souffle d'aucun événement.

# 3.

*Serge Othon Weil
à Ariel Chipman*

Au départ, il avait opté pour la Corolla de Toyota. Il avait passé sa vie au garage avec son Scenic. Dégoûté par Renault. Donc il s'est dit, je marque un grand coup, les Japonais sont fiables, les Japonais sont réactifs, Nissan est marié avec Renault qui m'a trahi, je vais chez Toyota. Et puis il a réfléchi, et là tu t'aperçois que l'acheteur est à la fois un sentimental et un visionnaire, il s'est dit qu'il tenait, au fond, à rester dans le giron de Renault car si on peut taper pour mille et une raisons sur le constructeur français, dixit ton copain, force est de reconnaître son talent novateur, j'aurais un pincement au cœur, m'a-t-il avoué, si je devais rompre tous les ponts avec ces génies du concept, de la forme et du design. J'ai dit monsieur Vervorsch, votre histoire est topique. Dans toutes les constructions en série il y a un certain nombre de couilles, vous êtes tombé dessus, vous n'avez pas de bol et ça n'excuse pas la mauvaise qualité du service après-vente, mais vous avez compris que Renault s'est allié avec Nissan pour répondre à vos attentes et vous n'avez pas eu le réflexe puéril de vous dilapider chez le concurrent. Renault et Nissan se sont alliés parce qu'ils étaient lucides, et complémentaires, avec un punch remarquable, pour vous satisfaire. Renault est en train de faire des pas de géant et Nissan est en train de faire des pas de géant, c'est l'affaire du siècle. Oserais-je vous avouer, monsieur Vervorsch, que cette affaire me concerne au premier chef ? Vous avez devant vous celui qui a élaboré le montage financier et fiscal de l'alliance. Silence. Le Vervorsch hébété. Je ne peux pas dire que nous ayons été très soutenus Schweitzer et moi au départ. Tout le monde riait Glen, en fait je crois que je l'ai appelé Glen, toute la presse, sur le registre les Américains se sont posé la question et ont refusé, les Allemands se sont posé la question et ont renoncé, et qui est le crétin qui lui prend Nissan ? Le Français, le pigeon de service. Les mêmes qui hurlaient au génie quand Daimler-Chrysler a mis la main sur Mitsubishi. Résultat, Renault-Nissan s'envole pour une épopée triomphale, pendant que les autres mettent la clé sous la porte. La grande différence avec vous, lui ai-je dit, je veux dire les Américains, c'est que nous, on se dénigre en permanence voyez-vous, on a le dynamisme honteux. Alors que sans vouloir vous vexer, on vous est supérieurs dans bien des domaines, bâtiments et travaux publics, cosmétiques, équipement, art de vivre, armement, le *Rafale* c'est merveilleux, le *Char Leclerc* il n'y a pas mieux, notre armement est très supérieur à l'armement américain ! La France est un des premiers exportateurs mondiaux, qui le sait Glen ? Quand on a, depuis pas loin de vingt ans maintenant, un solde largement positif du commerce extérieur, ça veut dire que sur des marchés internationaux ultracompétitifs mon vieux, non

41

seulement on tient bon la barre mais on fait la course en tête – tu as vu comme je m'emporte – non, tu comprends ça m'énerve à la longue d'entendre qu'on n'est pas capables de créer un boulon, qu'on a une stratégie régionale pour ne pas dire pas de stratégie du tout etc., vendredi prochain je vais avoir cinquante-trois ans et ça fait cinquante-trois ans que j'entends annoncer la crise, sous une forme ou sous une autre, l'explosion de ceci, le délabrement de cela, ça n'a aucune réalité, c'est totalement bidon. Les entreprises françaises courent avec handicap ? Je dis oui. Oui, les entreprises françaises sont entra-vées, oui, par le poids de la réglementation, par les impôts et ainsi de suite, oui, c'est vrai. Et tant mieux. Tant mieux. Courir un cent mètres en short avec de bonnes baskets, n'importe qui peut le faire, mais courir un cent mètres en étant bien lesté, bien bardé, seuls les très bons passent la ligne. J'ai dit à Vervorsch, on a des dizaines et des dizaines de petites entreprises qui sont les numéros un mondiales dans leur secteur, dans des niches bien entendu, mais c'est ça la vitalité d'un pays, on a le numéro un mondial des drapeaux, le numéro un mondial des ballons stratosphériques, le numéro un mondial des jetons de casino, le champion de la purification des principes actifs pour la pharmacie, le champion de la grue équilibrée, le champion des raquettes à neige, tout un tas de petites boîtes qui sont allées avec les dents arracher des marchés aux quatre coins de la planète. Ce qui compte, c'est la technicité et la valeur ajoutée. Je vais te faire une confidence, je suis très heureux quand j'apprends une délocalisation. Des gens qui crevaient la dalle dans le tiers-monde vont avoir un boulot, ils vont commencer à s'intégrer à un système économique. Pourquoi je devrais être moins solidaire du malheureux malais ou indien, ou bangladeshi qui crève la dalle que du type qui va toucher des indemnités chez nous ? C'est l'avenir du monde qui est en jeu, c'est la paix, c'est la prospérité. Quant au type qui se retrouve sur le carreau à Alençon, au lieu de continuer à

découper à l'emporte-pièce des tee-shirts mina-
bles, il va recevoir une formation, il va participer
à des productions dans lesquelles il y aura deux
fois plus de valeur ajoutée, c'est la chance de sa
vie. On vit dans un système compassionnel dans
lequel il faut du drame partout. Tu peux me dire
pourquoi on n'a pas organisé une fête nationale
pour la fermeture du dernier puits de mine ? On
a du charbon sous nos pieds et on n'a plus besoin
d'envoyer des pauvres gars à six cents mètres
sous terre pour essayer de l'extraire en chopant
la silicose et en loupant le coup de grisou. C'est
merveilleux. Au lieu de quoi on a eu droit à un
discours larmoyant sur le registre c'est une partie
de l'histoire ouvrière qui disparaît. Mais merde,
tant mieux ! Tu voudrais toi avoir tes enfants au
fond de la mine, c'est extraordinaire de vivre
dans un pays qui a du charbon sous ses pieds et
qui peut se passer d'aller le chercher, qui n'a plus
besoin d'envoyer des gens se glisser comme des
rats dans des galeries pour donner des coups de
marteau-piqueur dans un truc dégueulasse. Le

monde s'améliore, qu'on le veuille ou non. Les Afghans ne peuvent pas devenir en un an les électeurs suisses. Non. Ça non. C'est quand même un anachronisme permanent que celui qui consiste à juger les autres à l'aune de ce que nous sommes aujourd'hui. L'Afghanistan d'aujour-d'hui, c'est la France de 1870, une France très largement illettrée, incroyablement religieuse, qui au fil du temps s'est approprié la démocratie et l'a construite. Prends l'Europe. L'Europe, ça n'est pas rien, comme fauteur de guerres l'Europe était un peu du bâtiment. Prends l'Europe pays par pays, et considère l'histoire du siècle dernier, guerres, famines, dictatures, guer-res civiles, dont pour l'essentiel d'entre elles tu ne vois plus trace. Tu te dis, on a affaire à un optimiste opiniâtre. Non, ce n'est pas de l'opti-misme, c'est du pessimisme dépassé, ça n'a rigoureusement rien à voir. Je me lève d'un bon pied. J'ai décidé une fois pour toutes de me lever d'un bon pied. Et si je ne me lève pas d'un bon pied, je prends sur moi. Tu verras quand tu seras

remonté à la surface, tu vas adopter une diété-
tique de l'existence. J'ai eu la chance de lire
Shakespeare très tôt, *l'éphémère chandelle et la
mort cendreuse,* j'ai intégré que la vie n'avait pas
de sens, je veux dire ma vie, la mienne en propre.
Tu connais la phrase de Bismarck : « La trace
que nous laissons est celle de la poussière sur la
roue du chariot. » Individuellement, que j'existe
ou pas, ça n'a aucune espèce d'importance, je
suis né, je mourrai, et puis voilà. En revanche la
survie de l'espèce, la continuité des générations,
la perspective de l'Histoire, ça a du sens, quand
je dis sens j'entends une direction, le mot est
équivoque, je ne veux pas dire une signification
mais une direction, il y a une direction qui est
meilleure qu'une autre, la direction qui don-
nera sa place à une morale tolérante, pluraliste,
humoristique, joyeuse, est meilleure qu'une
autre, cette direction-là, l'humanité peut l'em-
prunter et à notre insignifiant niveau, on a le
devoir d'y contribuer. On est responsable de sa
structure mentale. On peut avoir une complai-

sance pour le bonheur (on ne parle que de l'inverse), et je vais jusqu'à penser que c'est la seule réponse à l'absurdité. Quand Sandrine m'a quitté, je me suis dit je vais perdre dix kilos et je vais lire *La Comédie humaine* en entier. Je l'ai fait. Résultat, Marie-Claude. On ne perd jamais à être positif. L'amour tu vois. Je pense que l'amour est une fin en soi. Par conséquent l'amour a du sens. Le jour où je serai mort, l'amour sera mort avec. Tant que je ne suis pas mort, il existe en tant que fin en soi. Une fin, ou une récompense, ou mieux, une conquête de l'existence, enfin c'est un objet qui est autoper-tinent. Beaucoup de choses peuvent avoir du sens et de la pertinence, c'est la vie qui n'en a pas, le tout n'a aucun sens mais chacune des parties en a. Est-ce que ça tient philosophique-ment ? Ça tient. C'est ce qui tient le mieux.

# 4.

*Nadine Chipman
à la psychiatre*

Souvent je me dis docteur, les vieux rosiers sont plus beaux que les jeunes, ils sont plus lourds, plus fournis, les couleurs sont plus vives, les bons vins aussi sont meilleurs en vieillissant, le vieux rosier a dû se battre pour survivre, il a subi des épreuves et ça le rend beau, peut-être qu'un jour je penserai tu es vieille, tu n'as plus besoin de rien, tu as besoin d'un chat, de fleurs, de basilic, tu peux habiter un monastère en Grèce avec un pope et du basilic, à Hossegor, j'ai accompagné ma mère acheter un chapeau, elle a jeté son dévolu sur un chapeau jaune pâle avec une fleur au milieu, un tulle ajouré qui la protège à peine, ma mère qui était si belle autrefois, les choses ne lui vont plus, elle m'a dit qu'elle croyait que c'était bien mais qu'elle n'était pas sûre à cause des lunettes de soleil, j'ai dit enlève les lunettes maman, tu ne peux rien voir dans le magasin avec les lunettes, oui mais si j'enlève les lunettes je ne me rends pas compte de l'effet général, à la plage j'aurai le chapeau et les lunettes, elle avait chaud mais elle était contente, elle voulait que je sois contente aussi, je me suis efforcée d'être contente, au moment de sortir elle m'a demandé si elle faisait américaine, j'ai dit tu fais américaine chic, ah chic tant mieux, sur la plage d'Hossegor, je l'ai observée sur son fauteuil pliable, petite femme voûtée avec ses lunettes et son chapeau, un peu grosse, regardant la mer, contente des vagues, contente du temps, une vision tellement banale sur une plage l'été, pourquoi mon cœur se serre si violemment.

# 5.

## *Serge Othon Weil
à Ariel Chipman*

Je suis beaucoup plus heureux depuis que j'ai renoncé au sexe, sais-tu. Quand tu as vu de près copuler des cochons, tu ne peux plus t'illusionner sur le sexe. Dans le kibboutz où j'allais en Israël pendant mes études de droit, j'aidais les cochons à copuler. Quand tu as vu rentrer un tire-bouchon inoffensif et ressortir une canne féroce, d'une longueur effrayante, que tu aides à replacer pendant que la truie s'en fout complètement, elle attend que ça passe, quand tu as vu le malheureux s'échauffer, déraper, ressortir avec un membre gigantesque qui ne le rend absolument pas heureux laisse-moi te le dire, qui ne lui donne pas la moindre supériorité, tu te dis à quoi rime cette comédie autour du sexe. Le sexe n'a pas de consistance particulière. C'est un élément du paysage. Y compris l'émoussement du désir avec le temps, ça fait partie du paysage, c'est aussi inévitable que les cheveux qui tombent ou l'arthrite, sauf que c'est moins grave que l'arthrite. Tous ces malheureux qui ont mis le sexe au centre, par pur effet de conditionnement. Pardonne ce vieux clicheton, mais c'est quand même mieux à l'état de désir. Arrive un âge où tu en as conscience ; si passé vingt-cinq ans tu n'as pas encore compris que c'est souvent mieux à l'état de désir, c'est que tu manques d'imagination. Avec Marie-Claude on a presque atteint le calme plat. De temps en temps une bricole mais bientôt tout ça sera derrière nous. Le samedi, on fait les boutiques. Je sers de chauffeur-accompagnateur. Ce qui paraît-il est peu fréquent. Ce sont les vendeuses qui me le disent. Je suis félicité par les vendeuses pour ma patience, et mon intérêt. En revanche mon opinion n'a d'effet qu'unilatéralement. Marie-Claude n'achètera pas ce que je n'aime pas, mais elle n'achète pas ce que j'aime. Je n'arrive pas à lui faire acheter de la couleur. Nous sommes condamnés au beige, au gris, au noir et au bleu marine. Moi je verrais très bien Marie-Claude en vert, en rouge, pourquoi pas en jaune. Elle est svelte, elle est sportive. Ta femme met des couleurs, j'ai remarqué. Bravo. C'est très important la couleur, la couleur est active, elle va de l'avant, quand tu achètes un vêtement de couleur tu te projettes en couleur, tu mets en place une stratégie de joie. L'homme dynamique a une vue plus longue, il spécule sur l'avenir, il se propulse par-dessus la mort. Que ce soit pour une cravate ou un fonds de commerce. Je vais te faire une confidence : devant des gens qui n'ont plus envie de vivre – je ne dis pas du tout que c'est ton cas, mais admettons que tu as momentanément perdu ce qu'on appelle l'énergie vitale – je suis convaincu que tout discours est impuissant, si je commence à vouloir te remonter le moral, je vais me gargariser de mots qui seront autant de cautères sur une jambe de bois, cela dit honnêtement, je ne suis pas sûr que cette robe de chambre soit de nature à te remettre en selle. Pourquoi te présentes-tu dans cette robe de chambre ? Tu te présentes dans cette robe de chambre, qui n'est pas n'importe quelle robe de chambre, et que tu n'as pas choisie par hasard, tu te présentes dans ce vêtement sinistre et relâché par coquetterie inversée. Tu veux paraître laid et calamiteux. Lors de ma première visite, j'ai pensé immédiatement il veut paraître laid et calamiteux. Et j'ai même eu envie de rire. Seulement maintenant j'ai l'impression que tu t'es consolidé dans cette tenue, comme si ton être se réduisait à cet aspect gélatineux, sans la moindre trace de virilité ou d'érotisme, cette robe de chambre, l'amitié exige de le dire, t'abrutit. Et te tire vers le néant. Comme d'ailleurs, si tu veux mon avis, toute robe de chambre, la robe de chambre est une folie, quiconque se met en robe de chambre est aspiré vers le néant, c'est comme ça, la robe de chambre est mauvaise, et peu importe sa forme, son tissu, sa couleur, Bolonerat s'est pendu en robe de chambre, Lucien Gros a eu son attaque en robe de chambre, Althusser a tué sa femme en robe de chambre, Hélène étant elle-même en robe de chambre, et ainsi de suite, à moins d'être Roger Moore dans *Simon Templar,* la robe de chambre conduit droit à la catastrophe.

# 6.

## Nadine Chipman
## à la psychiatre

Dois-je me lancer dans une liaison sinistre, immodérée et cahotique avec Glen Vervorsch l'homme que vous avez croisé ici l'autre jour ? Je me réveille à l'aube, même le dimanche, à l'aube sans raison, je suis vieille maintenant, je guette le soleil, je sais qu'un jour il y aura la dalle : alors pourquoi pas Glen Vervorsch ? Je suis prête à me jeter dans les bras de n'importe quel porteur de fleurs, n'importe quel faiseur de gestes tendres, n'importe quel diseur de mots consolants. Glen Vervorsch donnait des cours d'anglais à nos enfants, autrefois je plaisais à ce garçon. Tôt ou tard, un homme peut avoir n'importe quelle femme. Le chagrin ça n'est ni d'hier, ni d'avant-hier, le chagrin ça vient de loin, même si on se retourne on ne voit pas d'où ça vient. Mon mari s'est habillé, ce matin, il porte un pantalon, une veste et un tee-shirt en dessous. L'absence de col m'effraie un peu, le cou grêle et vieilli surgit bêtement. Je m'étais faite à la robe de chambre. Je ne la voyais plus comme une robe de chambre mais comme un manteau d'hiver, une tenue de saison pour ne pas avoir froid. Quand nous nous disputions, mon mari quittait la pièce. Ariel a toujours quitté la pièce. Les hommes quittent les pièces. Ils ne veulent pas parler, ils ne veulent pas argumenter. Ils quittent la pièce comme si leur absence allait nous tuer (et ils ont raison). Quelquefois il allait jusqu'à quitter l'appartement. Il faisait exprès de claquer la porte violemment, il avait à cœur de faire trembler les murs. Jamais il ne revenait, je veux dire à temps, lorsque le retour aurait signifié une volte-face, un regret, est-ce qu'ils existent dans la vie ces revirements qu'on voit dans les livres et dans les films, hommes qui sautent des marchepieds, remontent quatre à quatre des escaliers, dans la vie réelle il n'y a pas ces demi-tours éperdus, non, dans la vie réelle on ne revient pas.

# 7.

*Ariel Chipman*
*à Nadine Chipman*

Le soir du trente et un décembre Nadine, je t'ai dit que je n'avais pas envie de sortir, d'aller fêter chez nos amis la nouvelle année, je t'ai dit que je voulais rester seul et pleurer, tu as trouvé l'excuse ridicule, tu n'as pas cru un instant à la réalité de la phrase, tu l'as prise pour une de ces formules destinées à saper ton enthousiasme, j'aurais pu, as-tu dit, me contenter d'exprimer une non-envie de sortir ou de voir des gens, je n'avais aucun besoin d'aller chercher la solitude et les pleurs comme alternative désirable, une telle phrase se retournant d'emblée contre toi, contre notre vie et non contre la soirée de fin d'année chez nos amis, l'envie de rester seul et de pleurer consacrant la défaite de l'autre, son impuissance, sa nullité, tu m'as dit en avoir assez de ces jérémiades, en contradiction complète avec mes soi-disant valeurs, mon soi-disant enseignement, tu t'es saisie du *Bulletin de la Société française de philosophie* qui traînait et tu t'es mise à me frapper. Un homme dit à sa femme qu'il a envie d'être seul et de pleurer, et se retrouve aussitôt battu comme plâtre, me suis-je dit, tandis que tu me frappais de façon si violemment désespérée. Un homme qui se présente comme ayant envie de pleurer devrait, sinon attirer la compassion au moins inspirer un genre d'inquiétude, mais non, le voilà roué de coups avec le *Bulletin de la Société française de philosophie* dans lequel se trouve le compte rendu de sa conférence « Que toute espérance est déchirante », que tu avais toi-même Nadine considéré comme ma publication la plus personnelle, une violence donc destinée aussi bien à mon corps qu'à mon esprit, la transformation du *Bulletin* en rouleau à pâtisserie ne signifiant pas autre chose que tu n'es qu'une merde qui fait le paon devant les institutions et gâche la vie de sa femme, va au diable avec tes travaux soi-disant philosophiques, va au diable avec tes vapeurs, va au diable, crève, mais laisse-moi être heureuse moi Nadine Chipman dans mon décolleté, mes boucles d'oreilles, mon maquillage du nouvel an, laisse-moi courir vers un possible avenir, et tout à coup tu as cessé de frapper car tu as senti que ta coiffure pouvait s'en ressentir et l'ensemble de ta construction, et tu as dit en te rafistolant, pleure maintenant tu as une vraie raison, j'ai admiré en passant ton sang-froid, tu as pris ton sac et ton manteau et je me suis senti comme un petit garçon que sa mère ne va pas attendre, nous nous sommes traînés, enfin je me suis traîné der-rière toi à ce nouvel an, pensant à toutes les fois où on se traîne en silence, obligé par Dieu sait quoi, à tous ces couples qui se traînent jour après jour, de date en date, dans les saisons, les ren-contres, les divertissements, devant nos amis tu t'es montrée atrocement heureuse, tu es passée d'une année à l'autre en riant, sans aucune anxiété, comment peut-on enjamber le temps

sans anxiété, tu riais comme ces personnages gri-
sonnants et surliftés sur le dépliant de la MATFLUT
*Obsèques* que nous avons reçu ce matin, l'as-tu
vu Nadine, ivres de joie dans une herbe grasse,
riant au nez de la mort, ne faisant que rire de
photo en photo au fur et à mesure des services
complémentaires, salon funéraire, gravure de
stèle, entre parenthèses je ne vois aucun hasard
dans le fait que la MATFLUT m'envoie ce prospectus maintenant, prospectus absolument spi-
nozien, clarté, clarté, clarté, vitalité, les clients
de la mort émerveillés par un plafond blanc,
riant sur le court de tennis, humant l'air du large
dans leur laine écrue, je pense à Roger Cohen
seul dans son capharnaüm, assis en cravate sur
son lit défait, qui tremble devant la mort entre
sa télé et ses reliques juives, alternant télé, délire
téléphonique et incantations, ne cherchant plus
à y voir clair, au contraire, au contraire, personne
ne naît raisonnable et personne ne meurt raisonnable, en rentrant de notre soirée souviens-toi
nous avons dû déplacer un sapin de Noël qui

traînait dans le caniveau, je me suis souvenu des sapins descendus et jetés avec soulagement pendant des années, j'ai pensé nous n'en avons plus heureusement, tous les ans cet embarras stupide, et j'ai eu pitié de l'arbre tiré sur le trottoir, exposé dans le froid, sans épines, à la merci des égoutiers, une nudité sèche, irradiée, à la maison tu avais encore de cette humeur émoustillée et pimpante, tu as pris grand soin de la maintenir contre vents et marées, te déshabillant contre vents et marées, te démaquillant contre vents et marées, te couchant près d'un homme inerte et gelé sans y accorder la moindre importance, ouvrant une revue pour y lire un article sur la déforestation et la disparition des grands singes, tout ça me suis-je dit en raison de notre épouvantable proximité, nous sommes épouvantablement présents l'un à l'autre dans ce lit où autrefois il fallait lutter pour ne pas se perdre, mais quoi de plus pitoyable me suis-je dit, que d'espérer une consolation, d'autant que je suis, paraît-il, l'homme le plus difficile à consoler, un homme particulièrement raide, je veux dire physiquement, particulièrement crispé quand survient le moindre geste amical, la consolation d'un être par un autre empruntant paraît-il aussi le chemin du corps, accepter une caresse, se blottir, ces choses d'enfant, j'en serais incapable, de sorte que l'autre se trouve intimidé, puis rejeté, puis indifférent, espérer une consolation dans ces conditions est une idiotie sans bornes, par quel tour de passe-passe un cerveau espère ce qu'il est incapable de recevoir, un cerveau qui pendant trente ans, servilement et comme un perroquet, a consolidé un temple où personne ne délire, ne pleure, ne s'égare, un cerveau soidisant blindé contre la faiblesse, on se laisse embobiner par les maîtres, on prospère dans des labyrinthes croyant qu'il s'agit de félicité de l'esprit, jusqu'au jour où tout à coup plus rien ne tient, un petit homme gît dans une solitude lugubre, aux côtés d'une femme indifférente qui démarre l'année en dévorant un article sur l'extinction des grands singes, elle s'intéresse aux

primates désormais, c'est logique me suis-je dit,
moi je veux être bercé comme l'orphelin bonobo
sur la photo avec maman Mamidoulé sa mère de
substitution, berce-moi Nadine, sois douce, sois
bienveillante, sois maman Mamidoulé, je m'efforce de redresser mon corps pour qu'il penche
vers le tien, pourvu que tu déchiffres ce mouve-
ment obscur, cette orientation d'angle infime, tu
t'intéresses au sort de la planète et je te donne
raison, les forêts, les animaux, oui, les forêts et
les animaux je veux bien, la vie de la pensée était
une erreur, des balles perdues, on s'est rangé du
côté des érudits pour notre malheur, Nadine,
voudrais-tu bien jeter un seul regard sur la bête
jonchée à tes côtés.

# 8.

*La psychiatre*
*aux trois autres*

Je marchais sur un trottoir, plutôt étroit, devant moi une femme avançait avec difficulté. Lentement, un peu en zigzaguant, de sorte qu'il m'était impossible de la doubler. La femme, de dos, paraissait âgée, et il n'y avait rien d'anormal dans sa difficulté de progresser, je veux dire elle ne pouvait pas faire autrement que de marcher lentement et en zigzaguant. Je dois quand même ajouter qu'elle portait des sacs de chaque côté, tout en étant elle-même volumineuse, et quand même, ai-je pensé, quand les gens portent des sacs, ils devraient savoir qu'ils portent des sacs, cette femme a le droit de marcher dans la rue en portant des sacs, je le sais, toutefois on pourrait imaginer une manière de porter des sacs qui ne soit pas envahissante, lorsqu'on porte des sacs des deux côtés qui vous élargissent, on devrait se montrer gêné et en tirer les conséquences. Cette femme n'était pas du tout gênée et vous allez me dire que c'est un effet du hasard mais lorsque je tentais de la dépasser par la gauche, elle allait à gauche, et inversement à droite lorsque j'allais à droite, ce sur plusieurs mètres, de sorte qu'il m'a été extrêmement difficile de penser qu'elle ne le faisait pas exprès. L'âge n'excuse pas tout. On ne me fera pas rentrer dans cette stupidité du privilège de l'âge, sous prétexte qu'ils n'ont plus d'horizon, qu'est-ce qu'on voit, des gens imbus de leur fatalité qui prennent un malin plaisir à vous freiner. J'ai donc, chemin faisant, sur ces quelques mètres, développé une exaspération, une haine pour cette passante, une envie de la taper, de la faire gicler sur le bas-côté, qui m'a effrayée et que je condamne bien sûr, mais qui en même temps me paraît légitime, et c'est ce que je voudrais comprendre, au fond, pourquoi, pourquoi je ne peux me départir d'un sentiment de justesse et, oui, de légitimité intérieure si vous m'autorisez cette expression, comme si l'empire des nerfs, si décrié, avait néanmoins sa raison d'être, je veux dire sa raison morale, comme si mon droit de marcher sur le trottoir, à mon rythme, n'était pas moins impérieux, du point de vue moral j'entends, que son droit à elle d'occuper le trottoir en dépit de son incapacité motrice, aggravée par le port de sacs des deux côtés. Si je sais que je ne peux pas marcher sur un trottoir sans entraver la circulation des autres piétons, la moindre des choses me semble-t-il, la moindre des choses, je veux dire des politesses, des délicatesses, est de me retourner dès que j'entends des pas derrière moi, de me réduire tant que faire se peut dans une porte cochère, vous me direz que ces gens sont également sourds, alors honnêtement, que font-ils dehors, emmurés dans leur solitude, toutes vannes fermées ? Nous devrions éprouver pitié et compassion et nous n'éprouvons que haine, nous devrions être patients et nous sommes impatients, tolérants et nous bannissons la tolérance. La moralité n'est-elle pas toujours, en quelque sorte, assouplie par les nerfs ? Est-ce qu'il existe une moralité sans nerfs ? Une femme se lève d'un bon pied, elle sort, elle s'en va dans la journée d'un bon pied, la voilà qui file vers je ne sais quelle destination d'un pas allant, je me souviens d'un médicament dont l'indication était *manque d'allant*, quand elle se trouve soudain empêchée par le corps d'une autre, non pas un obstacle de chair mais un grincement du temps, un corps qu'elle récuse de la façon la plus catégorique, inadmissible par avance, nous ne voulons pas être solidaire de la femme aux sacs, nous voulons marcher vite, nous voulons attaquer le sol d'un pied bondissant, marcher sans aucune pitié, nous n'avons pas l'intention de nous retourner jusqu'au moment où nous nous retournons pour voir le visage, une erreur fatale, je me retourne pour voir le visage, je veux vérifier mon aversion, je veux confirmer ma froideur mais je vois tout de suite sous la frange de cheveux blancs le nez disproportionné, l'effort de vivre

dans la joue pendante, je récuse la joue pendante, je récuse le nez, et les paupières, et la
lèvre amère, je n'ai pas de temps à perdre avec
un visage, un visage parmi des milliers d'autres
que jamais je n'aurais distingué si je n'avais été
exaspérée par le reste du corps, et qui maintenant me nargue, vient titiller une sensiblerie que
je récuse, j'ai toujours su voyez-vous, dès mes
premiers jours d'études, toujours su qu'il fallait
s'armer contre la compassion, je l'ai su d'emblée,
en médecine et ailleurs, il faut s'armer contre
toute inclinaison, contre la compassion, contre
la tendresse, je ne prononce même pas l'autre
nom, le nom vénéré du monde contre lequel, je
suis catégorique, il faut s'armer jusqu'aux dents,
non contente d'avoir entravé mon passage, la
femme aux sacs vient persécuter mon esprit, la
petite coiffure ondulée et aplatie qui couvre le
front, m'entraînant dans un élan contraire, le
petit crêpage blanc d'un densité anormale qui
semble comme posé entre les tempes générant
un amollissement que je réprouve, je ne veux pas

être happée par un visage, toute la vie nous sommes happés par des visages, nous tombons dans le gouffre des visages, pour peu que je marche dans la rue, un beau matin, de ce pas allant et belliqueux, qui constitue l'essence même de la marche, pour ne pas dire de la félicité, je tombe sur une femme sortie pour briser mon élan, munie de deux sacs latéraux, comme si sa seule lenteur, son seul cheminement hébété ne suffisait pas, un obstacle qui me force au contact et à l'impatience, mais qui ne serait qu'une vicissitude sans dimension humaine, aussitôt oubliée, si par une erreur fatale je ne m'étais retournée. La femme aux sacs a les joues d'une enfant fâchée, un gonflement qui me désobéit, un mufle qui me désobéit, pourquoi faut-il qu'au détour d'un trottoir, un visage de bête essoufflée vienne m'encombrer, au nom de quelle vertu dois-je subir la tyrannie d'une pitié imprévue, de dos comme de face cette femme me harcèle, de dos comme de face elle me persécute, pour un peu je lui présenterais mes excuses, je caresserais la joue pendante, je porterais les sacs, rien que d'y penser voyez-vous, j'ai senti remonter la barbarie, la violence que j'affirme légitime, qu'est-ce qu'elle a dans ses sacs, qu'est-ce qu'elle y a mis pour ployer avec cette insistance, vous ne m'enlèverez pas de l'idée qu'il y a une forme d'impudeur à se montrer harnachée et ployante, et à moitié paralysée, en plein trottoir, comme si de rien n'était, comme si elle n'avait pas besoin d'aide, une attitude amère, une accusation muette jetée à la face du monde, deux galettes de cheveux blancs couvrent les oreilles, des galettes en choux qu'on faisait aux petites filles d'autrefois, il y a dans l'assemblage de cette coiffure et du nez proéminent un ratage que je reconnais, un ratage familier, sous l'abat-jour de cheveux, du nez, des plis, de la lèvre fâchée, s'échappent une volée de revenants, gens d'autres rues, d'autres temps, d'autres pays, pliés de la même façon, inutilement arrangés, en jupe d'enfance, portant, la vie durant, une disgrâce qu'on s'efforce d'atténuer avec des brosses, des

85

peignes, des épingles, le petit attirail qui nous suit, empêche le désordre et la folie, il a toujours fallu encadrer le visage, plus le visage était ingrat plus il fallait l'encadrer, on faisait des gonflements, des ondulations, sans aucun lien avec le nez et la solitude du regard, ça ne pouvait être qu'un ratage, un beau jour vous marchez dans la rue d'un pas allant et vous êtes happée par un visage, toute la vie nous sommes happés par des visages, nous nous y jetons, tête baissée, dans quel espoir pouvez-vous me le dire, aucun lieu n'est aussi infranchissable, ce qu'on imagine proche n'est pas proche, d'ailleurs j'ai toujours abominé le mot *prochain*, cet épouvantable mot, je ne l'emploie jamais, un mot d'une écœurante bienveillance, que je récuse, dès que le mot *prochain* apparaît dans une phrase, la phrase est nulle, nous n'avons aucun prochain, cette femme n'est pas mon prochain, pas plus de face que de dos, bien que de face on puisse être saisi par une impression de parenté, qui ne tient qu'au crêpage de cheveux et à un certain assortiment du

nez et de la bouche, bref à rien, bien que de
face, je veux dire une face apparue fugitivement,
nous nous retournions et nous soyons déjà ailleurs, c'est un retournement mineur, qui n'en-
gage pas le corps, bien que de face disais-je, alors
que nous sommes déjà loin, il faille lutter contre
une flexion de l'âme, survenue malgré soi, un
regret violent dont l'objet reste flou, regret de
quoi je voudrais savoir, et pourquoi, alors que
nous sommes déjà loin, faut-il lutter contre les
joues gonflées, le cou disparu dans la voussure
et le manteau, le petit enclos humain qui oscille
et vous sourit, un sourire qu'il n'aurait jamais
fallu voir, un sourire épuisé, timide, honteux, et
qui oblige à répondre le cœur brisé, alors je
m'arrête devant la vitrine du magasin de chaus-
sures devant lequel toujours je m'arrête, dans
cette vitrine il y a de quoi me faire changer radi-
calement d'humeur, je crois voyez-vous à la frivolité, heureusement que nous avons la frivolité,
la frivolité nous sauve, je suis étonnée que vous
ne compreniez pas cette supériorité que nous

avons d'être sauvées par la frivolité, je veux dire littéralement sauvées par la frivolité, le jour où la frivolité nous abandonne nous mourons, une fois un homme m'a dit, à propos d'une robe que j'avais repérée, la robe peut attendre, peut attendre quoi ai-je rétorqué, que le corps soit inhabillable, que j'encombre la rue à mon tour, traînant en zigzaguant les sacs de mélancolie, la robe ne peut pas attendre, dites-moi une seule chose qui puisse attendre, ni les choses ni les êtres, la robe s'étiole et se fane sur le cintre, et notre vie s'étiole quand nous attendons, n'importe quoi je veux dire, un simple geste, qu'une porte s'ouvre, le soir, le matin, la chose dont je ne veux même pas prononcer le nom, notre vie s'étiole, c'est pourquoi je m'arrête devant la vitrine du magasin de chaussures où je vois aussitôt les signes de l'hiver, le noir, le gris, des bottes et des escarpins fermés, plus trace de mules ni de sandales alors que nous sommes en septembre, les fabricants régentent nos vies et nous désespèrent, car nous désespèrent les choses prévisibles voyez-vous, et tout en pensant aux fabricants qui nous désespèrent j'ai pensé elle va me rattraper, ces gens arrivent au même endroit que vous, ils vous rattrapent, tout le monde vous rattrape, ça n'existe pas être en avant voyez-vous, personne n'est en avant, ni jeunes, ni vieux, ni personne, nous arrivons au même endroit, au bout du compte, devant les chaussures d'hiver, les chaus-sures sombres, les bottes, les rangées sombres, en la voyant s'approcher en oscillant de la vitrine j'ai pensé un jour elle s'amusait sur le trottoir, elle dessinait une marelle, elle poussait le palet à cloche-pied, elle sautait les cases, elle sautait les cases dans sa jupe gonflée...

# Table

# Yasmina Reza
# dans Le Livre de Poche

## *Hammerklavier* n° 14664

Un rêve : le père de l'auteur rencontrant Beethoven au para-
dis, et celui-ci furieux qu'il joue si mal son adagio. Un
visage : celui de sa fille, souriante, à l'âge où il manque des
dents. Quelques mots d'Aimé Césaire qui la rendent triste :
« un morne en haut... » De ces instants vécus, anecdotes,
petits événements, souvenirs, est fait ce livre, autoportrait
formidablement sincère, où la dramaturge, auteur d'*Art* et
de *Conversations après un enterrement*, va au plus profond
d'elle-même, de ses perceptions et de ses sentiments les plus
singuliers, les plus irréductibles. Avec une hantise : le
temps, sa lenteur destructrice, et face à lui le refus de la
résignation, le goût du combat. Cette sensibilité exception-
nelle de finesse et d'exigence, Yasmina Reza la traduit dans
une écriture rigoureuse et imagée qui fait de beaucoup de
ces fragments de véritables poèmes en prose.

## *Adam Haberberg* n° 30153

« Un beau jour on s'assoit et ça y est, on se fout d'être Adam
Haberberg. » Y. R.

## *Une désolation* n° 15020

« Tu me bravais avec cette ridicule soif d'absolu qu'ont les
gens de cet âge et je me disais, le petit est véhément à sou-

hait, il sortira du lot. Mais tu n'es sorti de rien. Les vapeurs de jeunesse passées, tu as repris ta place dans la moyenne. Plus trace d'insurrection. Plus trace de vengeance. Tu as si vite craint pour ta peau, mon pauvre enfant. Comme la cohorte de tes amis les veules, tu sais que tout geste se paye, aussi as-tu choisi d'emblée de ne plus te signaler. Écarter la souffrance, tel est votre horizon. Écarter la souffrance vous tient lieu d'épopée. »

## *Théâtre* n° 14701

Voici pour la première fois réunie en un seul volume l'œuvre de dramaturge de Yasmina Reza. *Conversations après un enterrement*, *La Traversée de l'hiver*, *« Art »*, *L'Homme du hasard* ont en quelques années imposé sur la scène française un auteur singulièrement actuel, dont les huis clos – train, hôtel ou living – sont autant de comédies subtiles et décapantes, d'un ton profondément moderne. Les œuvres de Yasmina Reza sont à présent jouées et applaudies dans de nombreux pays.

Composition réalisée par IGS-CP

*Achevé d'imprimer en février 2007 en France sur Presse Offset par*

**C P I**
Brodard & Taupin

La Flèche (Sarthe).
N° d'imprimeur : 40186 – N° d'éditeur : 82433
Dépôt légal 1re publication : mars 2007
LIBRAIRIE GÉNÉRALE FRANÇAISE – 31, rue de Fleurus – 75278 Paris cedex 06.

31/2117/5